I0561533

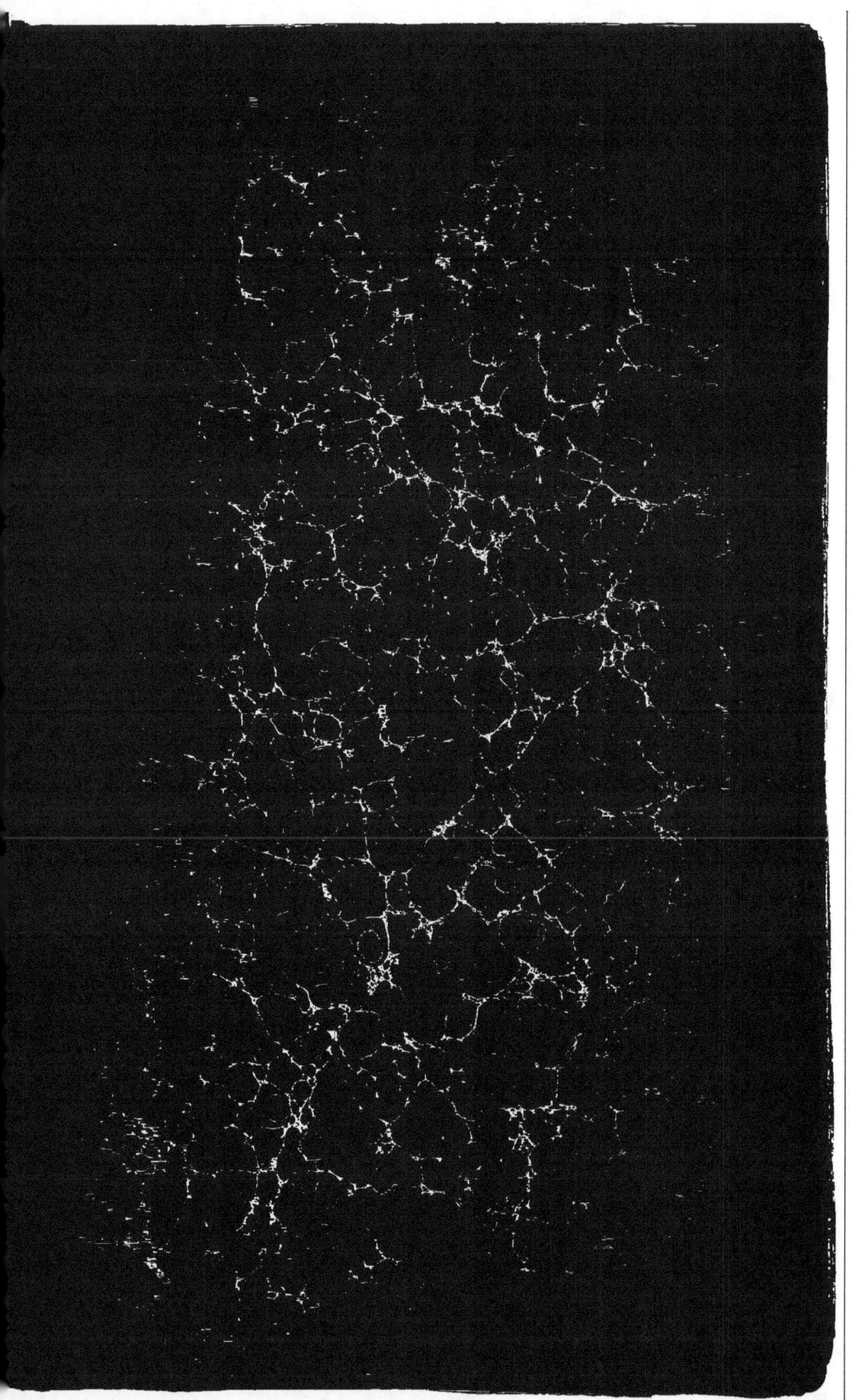

Il a été tiré de cet ouvrage :

326 exemplaires sur papier raisin vergé (n⁰ˢ 75 à 400), à 20 fr.

   10   »   »   Whatman (n⁰ˢ 65 à 74), à 40 fr.

   10   »   »   de Chine   (n⁰ˢ 55 à 64), à 40 fr.

    4   »   »   peau vélin (n⁰ˢ 1 à   4)

350 exemplaires.

Il a été fait en outre un tirage spécial sur grand papier, in-4° raisin
(n⁰ˢ 5 à 54), au prix de 50 fr

N⁰ 30

LES JOLIES FEMMES DE PARIS

PAR CHARLES DIGUET

VINGT EAUX-FORTES PAR A. MARTIAL

CHARLES DIGUET

LES

JOLIES FEMMES

DE PARIS

VINGT EAUX-FORTES PAR MARTIAL
Ornements par MORIN

PARIS

LIBRAIRIE INTERNATIONALE

15, BOULEVARD MONTMARTRE

A. LACROIX, VERBOECKHOVEN & Cⁱᵉ, ÉDITEURS

À BRUXELLES, A LEIPZIG ET A LIVOURNE

M DCCC LXX

PRÉFACE

IL y a trois noblesses : la noblesse de sang, la noblesse du génie, la noblesse de beauté. Cette dernière a commencé avec le monde ; elle ne finira que le jour où il cessera de naître des femmes.

Je vais essayer de décrire ces perles dont l'Orient illumine Paris.

Je demande donc à toutes CES PATRICIENNES *du théâtre, des salons, des ruelles et des faubourgs, de me permettre de les pourtraicturer.*

Leur tout dévoué,

C. D.

MARIE ROZE

le cygne q[...]
la voile[...]
est tangib[...]
front, large[...]
remedie[...]
[...]

MARIE ROZE

Ｉ L n'y a point dans cette figure une ligne
qui ne soit toute d'harmonie et d'enchante-
ments. Dès que vous la regardez, votre âme
reçoit une de ces impressions ineffables et si
étonnamment profondes, que vous cherchez
le cygne qui doit la porter ou le nuage qui va
la voiler à jamais. Cependant, elle existe, elle
est tangible, cette madone au long regard. Le
front, large, s'est trouvé pétri avec la pulpe des
camélias blancs. Les joues, le cou, la gorge,
ont des éclats neigeux qui vous éblouissent.
A côté, la poudre de riz la plus blanche, le

lait d'iris, ont des teintes grises et ternes.
Aussi ignore-t-elle toutes ces mièvreries. Est-
ce par instinct? Vêtue d'hermine, elle crain-
drait pour la fleur de riz. L'arête du nez, délicieusement relevée à l'extrémité par un
caprice de la nature, cette amoureuse de l'extase, donne une grâce toute française à ce
visage séraphique. La narine, légèrement ar-
quée, a des effets empruntés au laurier-rose.
Cette teinte seule pouvait s'harmoniser avec
cet infini de blancheurs nacrées. Le sang
pourpre de l'eider a coloré ses lèvres, qui
finissent par un sourire. Constamment relevée par une nichée d'amours qui la plissent
pour prendre leur volée, cette fleur sanguine
qui a nom bouche laisse resplendir des dents
d'une perfection infinie. La blancheur irisée
de ces perles est tellement éclatante, qu'on
croirait voir des gouttes de rosée qu'éclaire
luxueusement un palais de grenats.

Et ses yeux! Ses yeux, paillettes d'or dans du vin d'Espagne, que baisent amoureusement deux longues paupières, causent au cœur des effarements. Hardis comme des pages de cour, des sourcils singulièrement troussés tranchent sur la blancheur du front. Enfin, cette tête rêveuse et follement poétique est couronnée d'une chevelure merveilleuse, vaporeuse, qui se tord en ondes qu'on pourrait appeler des nuages.

Ainsi doivent être les sœurs des anges!

AGAR

2

Imp. Cadart et Luce 2 rue du Mathurins 48

V

AGAR

Voici une médaille romaine de la grande époque ! Même sérénité lumineuse, même majesté. Il n'y a rien de vulgaire dans ce visage resplendissant d'une pâleur antique. L'œil noir et profond, ardent comme celui d'une Transteverine, est un foyer d'où émergent des clartés tantôt fulgurantes, tantôt douces comme des rayons de miel. Ce regard large et franc, ennemi de toute obliquité, vous enveloppe de sa puissance fascinatrice absorbante ; il vous mord au cœur ! Toute la femme est dans cette prunelle en velours couleur feu, qui se promène en reine sur son disque d'argent bruni. Mille beautés étincelantes formeraient un cortége à Vénus, Aphrodite, qu'Agar le dominerait de la hauteur de sa tête tragique. A certains moments, les narines s'enflent et palpitent comme les ailes d'une poitrine oppressée. C'est la passion qui va hululer ses plaintes ou ses malédictions. Ce front est conformé pour être constamment cerclé d'or comme celui des vainqueurs aux jeux olympiques. Une chevelure d'ébène parachève magistralement ce tableau décroché du palais des Césars.

Telle devait être la mère des Gracques.

La lèvre, charnue, vigoureusement accusée, est comme sonore. On sent que la période devient plus ample lorsqu'elle tombe de cette

conque pourprée. Le bras! l'attache en est
merveilleuse. Il possède ces rondeurs fermes,
ces tons chauds où la chair, joignant à sa
gràce native des éblouissements de forme,
donne des fascinations.

SARAH BERNHARDT

Imp. Cadart et Luce

SARAH BERNHARDT

Un bouton de rose thé que n'a point encore
teinté le soleil. Elle est pâle comme
Ophélie au bord de la rivière. Cette pâleur
transparente s'irise vers les tempes et jette
un défi à la plus riche nacre. On pourrait en
extraire des perles. Quelques veines, ténues
comme des fils de la Vierge, sillonnent cette
pâleur et lui donnent grand air. Le front,
resserré à la base, s'élargit et devient ample.

A peine la ligne du nez, ligne académique, ose-t-elle s'en séparer pour donner au profil un charme exquis. Les narines, mobiles, tressaillent à chaque battement du cœur. Quant à la bouche, il faudrait un nouvel Œdipe pour dire, à première vue, ce qu'elle exprime. La lèvre supérieure est grave et froide, tandis que la seconde, constamment humide et découpée comme le bord d'une tulipe couleur cerise, est un long baiser qui demande des frères. A travers la prunelle, grise comme les brouillards à l'aube des beaux jours, passent les rayonnements d'une âme hautaine. Un menton court et pointu, *racé*, accomplit cet ovale indescriptible.

Ce visage est la bizarre antithèse d'une vapeur nuageuse qui va s'évanouir et de laquelle s'échappe soudain un éclair!

Les cheveux, un buisson cendreux fait de soie, s'enchevêtrent en caprices sans nom-

bre sur cette tête, bijou anglais égaré dans
le luxe parisien. Il n'est point une boucle qui
ne joue un rôle dans cette folie d'inattendu
de plans heurtés — détails charmants d'un
tout harmonieux. — Cette toison folâtre, forêt
agitée par le vent des fantaisies, possède de
douces senteurs. La femme est tout entière
dans cette chevelure étrange, unique peut-
être à Paris.

LÉONIDE LEBLANC

LÉOPOLD ROBERT

C'est ... ...
mais qui se ... ...
les songes des poètes, ces ... ...
Cette figure est un poème, toutes ses lignes
sont des strophes ... ... par Dieu
pour l'étonnement des enfants des hommes.
Cette tête pâle, aux couleurs ... ... ,
pleine de ... enthousiasme, ...
délicatesses. À de ... ...

LÉONIDE LEBLANC

CELLE-CI est le rêve fait chair. Celle-ci est la céleste beauté qui ne se dit pas, mais qui se chante. C'est cet idéal qui traverse les songes des poëtes, ces affolés d'impossible. Cette figure est un poëme, toutes ces lignes sont des strophes : strophes écrites par Dieu pour l'étonnement des enfants des hommes. Cette tête pâle, aux contours caressants, pleine de morbidesse, vous étourdit de ses délicatesses. A de certaines heures, en regar-

dant ce teint, prodige de pâleurs, on croirait
voir une vierge accoudée sur un lis. Le lis ne
plie même point, c'est un pétale de plus à
sa corolle. En d'autres instants, cette pâleur
chaude, pétrie avec les fleurs des magnoliers
d'Amérique, vous jette des effluves de volupté. On dirait la Sunamite superbe prête à
dénouer sa ceinture et souriant au monde
d'un air vainqueur. Une vague de cheveux
d'ébène, vaste asile des amours, jette des
ombres sur ce front radieux. Ses longs yeux
noirs, miraculeusement découpés, à la fois
humides et brillants, se noueraient au besoin derrière la tête. Ce sont deux fleurs
de scabieuses que des paupières diaphanes
ornées de cils luxueux voilent de temps
en temps par jalousie. L'émail de ces yeux
possède des effets prismatiques qui vous
bouleversent. Vous plongez dans cet infini,
sans souci de savoir si vous sortirez sain et

sauf du naufrage : qu'importe l'abîme lorsque tout autour des lueurs célestes dansent la sarabande ! Deux petits chérubins se sont endormis en cherchant à se mirer dans ces lacs d'infini, et l'ombre harmonieuse de leurs corps divinement tordus a décrit l'arc des sourcils.

Le regard de cette femme ensoleille votre âme.

Le nez, aquilin, est modelé avec une exquise perfection. L'essence la plus pure de cochenille en a teinté les ailes énamourées. Ces ailes, la bouche et les oreilles ont seules eu le loisir de se carminer de la sorte au sein de ces steppes de blancheurs mates La bouche, mignonne, fraîche comme l'œillet, est remplie de lis éblouissants. On fouillerait cent ans la mer pour trouver deux grains de corail dont le rose pût égaler celui des oreilles ; encore la plante

marine serait-elle honteuse. Ces deux co-
quilles, grandes comme deux fois la prunelle,
ont été rosées par les baisers de l'Amour. Un
menton, un charmeur, velouté comme le
plus fin duvet des grands cygnes, termine çet
ovale fait pour les poëtes. Le col, les épaules,
la gorge ivoirine, continuent les enchante-
ments de ce riche camée, et l'âme rehausse
de son éclat chacune de ces merveilles.
L'esprit étincelle dans ce regard immense et
sur cette bouche fleurie. Heureuse alliance
de la forme et de l'idée ! On se demande quel
cadre il faudrait à cette reine de beauté. On
ne conçoit Léonide qu'enveloppée dans une
intusiata, cette robe du gynécée des Grecques
et des Romaines, ou semblable à la du-
chesse de Ferrare posant nue pour un nou-
veau Titien.

BLANCHE PIERSON

BLANCHE PIERSON

QUELQUE Dieu en quête d'une épouse fit créer ce bijou par le maître de l'Olympe. Et Blanche a conservé ce masque fier de déesse exilée, cette lèvre hautaine d'une reine qui regarde son trône perdu. Comme pour tempérer l'expression dédaigneuse du profil, l'âme ardente s'est reflétée sur chacun de ces beaux traits; elle les a vivifiés, humanisés, en les rendant délicieuse-

ment provocateurs. Cette tête est d'un plan
superbe! tout y est nettement accusé, depuis
le front, légèrement bombé, jusqu'au menton,
qu'un semblant de fossette lutine pour y
faire son nid. Et cependant, tout peut être
appelé nuance, nuance solide qui ne passe
pas, mais qui vous enchante par sa douceur.
La courbe des sourcils est d'un tracé irrépro-
chable. Les yeux, limpide azur pris dans le
ciel le plus azuré, vous chauffent de leurs
rayons. On peut certainement dire que ce
regard, onctueux et d'un bleu idéal, est actif;
il vous cherche comme le soleil cherche l'ombre pour l'éclairer. Les cils eux-mêmes,
fascinés, se mirent dans cette nappe bleue.
L'éclat de ce joli visage se reflète sur tous les
objets environnants; il ne reçoit rien tant il
est riche pour donner; il prodigue les fascinations tout en conservant les grâces dé-
centes les plus rares.

Cette figure ne laisse point voir sa beauté, elle la *jette* aux regards !

Celui qui l'a vue une fois voudra la revoir et la revoir toujours. Privilége de l'assemblage des belles choses ! Une chevelure entre-frisée de mille et mille nœuds blondoie autour de cette royale tête, et laisse errer sur une belle nuque un fouillis de petites grappes dorées faites pour accrocher les désirs !

SAROLTA

C... ... ...
... ...
régularités charmantes d'une ... ...
reuse. Le front ouvert, le nez ... ... la
bouche éloquente dans ... expression ...
... le menton ... dans sa ... ...
chantent ... ... dans une ...
... ...
... ...

SAROLTA

CETTE tète, petite, adorable, éclairée comme d'un demi-jour, a toutes les ir-régularités charmantes d'une strophe amou-reuse. Le front ouvert, le nez alangui, la bouche éloquente dans sa dépression sou-riante, le menton nuageux dans sa sensualité, chantent tous le mot *amour* dans une note diverse. La peau, satinée, a ces blancheurs chaudes des ibis, qui naissent blancs et qu'un

soleil de pourpre finit, à force de lueurs ver-
meilles, par carminer. Il semblerait voir cette
rose royale appelée « souvenir de la Malmai-
son ». A l'aube, tout est blanc laiteux ; à
l'heure de la vie, quand elle s'épanouit sous
le regard du jour, quand sonne l'heure d'a-
mour, les feuilles lactées s'embellissent des
teintes d'une douce pudeur. Sur la joue droite
une petite tache blanche — goutte de lait
tombée du sein d'une déesse — illumine
comme une étoile ce délicieux lavis. Des cheveux qui hésitent entre le blond et le brun,
tant une nuance accentuée aurait frayeur de
sa crudité, couronnent fièrement ce visage
qu'un ciel prodigue de poésie a fait fleurir.

Les yeux de Sarolta sèment des perles!

Fauves comme ceux des grands lions, lumineux comme ceux des anges, ils sont d'une
douceur inexprimable. On pressent une belle
âme qui sourit aux clartés du ciel. L'iris pos-

sède la transparence bleuâtre des porcelaines
du Japon. Les sourcils, noirs, réguliers, fer-
mement arrêtés, contournent ces yeux merveilleux avec lesquels ils forment arc. Enfin,
sous cet œil superbe, un large cercle bleu
tracé par les songes voluptueux donne à la
tête le sceau de cette *morbidezza* si chère aux
poëtes.

ANGELO

imp. Cadart & Luce

ANGELO:

CELLE-CI est la femme-ange! Une étincelle céleste éclaire le front bombé, presque grec, admirable dans sa petitesse, sur lequel le doigt de Dieu a laissé son empreinte. Celui qui, voyant cette tête faite pour enchanter les désenchantés, la regarde, sent la passion de l'idéal envahir son cœur. Ce visage, noyé de lumières et baigné d'ombres, rose comme les roses pivoines, est l'assemblage le plus ac-

6

compli de la beauté païenne et de la beauté
chrétienne. L'artiste y découvre les lignes
pures et correctes des statues de la belle période athénienne ; le poëte saisit dans l'étonnement et les tendresses de ce regard angé-
lique une exilée des sphères éternelles. De
là-haut, les anges ses frères se demandent
quand elle reviendra. Des cheveux lourds,
opulents, blonds, ombragent cette tête câline
à la fois voluptueuse et chaste. Rebelle à tout
ordonnancement, une boucle soyeuse vient,
par un raffinement de coquetterie, folâtrer sur
le front et lutiner avec les sourcils. Il y a dans
le regard caressant des ardeurs infinies. La
pupille, large, se cercle d'un gris bleu. On dirait la réfraction d'un rayon de soleil dans un
pâle saphir. Le nez est droit, mince et ciselé
à ravir. Quant à la bouche, elle est miracu-
leuse! Découpée comme l'arc de Cupidon,
colorée avec le sang d'une grenade, elle a

fleuri entre un sourire et une larme du Christ!

Le sourire l'a faite fleur d'amour! la larme y a jeté sa rêverie! Lorsqu'elle sourit, elle laisse voir des dents petites, laiteuses comme les blanches noisettes auxquelles on vient d'enlever la pulpe. Ce merveilleux camée porte comme devise ces mots : « Sans la femme, l'aurore et le soir de la vie seraient sans secours, et son midi sans plaisirs! »

LOUISE FERRARIS

belle tête. [...] ni l'eau-forte [...] vont les masses de clair [...] teur a prodiguées pour [...] en arrêter les bords, [...] excessive masse [...] ne point [...]

LOUISE FERRARIS

Jamais, au grand jamais, il ne sera fait un portrait exactement ressemblant de cette belle tête. Ni la peinture à l'huile, ni le pastel, ni l'eau-forte, ni la photographie, ne rendront les masses de clartés que le divin sculpteur a prodiguées pour fortifier les ombres et en arrêter les bords. Une aqua-tinte d'une excessive finesse aurait seule des chances de ne point trop brusquer ces linéaments si étrangement doux, si incroyablement expressifs. Le front, qui se trouve être d'une coupe superbe, est régulièrement garni de cheveux noirs au-dessus et aux côtés. Cette chevelure annelée encadre splendidement une carnation laiteuse qu'a effleurée de légères teintes roses une aurore naissante. Étonnamment beaux, ses larges yeux, bleus comme le plus rare lapis-lazuli, prodiguent des rayons d'ineffables tendresses, et adoucissent la fierté de cet ensemble fait pour la désespérance des peintres. On peut dire que ces yeux bleus et profonds rendent cette figure balsamique. Des yeux noirs, qu'eût fait présager la configuration ardente de ce chef-d'œuvre, n'eussent jamais eu autant de finesse. Les sourcils arqués et noirs brisent leur ligne de façon à suivre les contours de l'œil. Le nez est fin et délicieux ; les méplats en sont d'une fraîcheur exquise. La bouche, éloquente, a la forme d'un arc tendu pour

lancer une flèche. Un côté se baisse voluptueusement tandis que l'autre se lève avec
fierté. A droite, l'amour et les grâces naïves ;
à gauche, la crânerie de la beauté qui sait
qu'elle est reine.

Tout est amoureux appel dans ce visage !
Quelques mouches coquettes agacent le regard par leur pose lutine. Une d'elles a choisi
la joue gauche à quelques lueurs de l'œil. Elle
est bien petite ; mais tout paraît sur cette peau
fine et satinée. Les autres ont opté pour la
droite, vers le menton, comme pour se chauf-
fer au sourire de la bouche pourprée.

MARIETTA SACCA

MARIETTA SACCA

ELLE a été bercée par les flots amoureux du golfe de Venise. Descend-elle de la fameuse Vénitienne Sacca? On le jurerait à voir cette pâleur ivoirine et cette chevelure, un nuage d'or blond en filigranes. Ses yeux, deux turquoises étonnées d'éclairer ce diamant, sont frangés de sourcils noirs. L'ovale de cette tête séraphique est d'une pureté infinie, à se faire jalouser par les madones de Jean Bellin.

Marietta a quatorze ans ; on l'a rencontrée il y a quelques mois sur les boulevards, un violon à la main. Elle porte le costume romain, et autour de son col serpente un collier de corail auquel est appendue la corne préservatrice. Ce joyau, pourpré comme ses lèvres, lutine entre les seins, dont elle laisse naïvement voir les naissantes rondeurs.

MASSIN

Raison...

myriades de rose...
d'aurore à ce visage...
pêche qu'a baisé le soleil... dans cette fleur...
est un sourire... l'esprit, de toujours...
...natural... les ineffables...
de la vie... mais des jours...

MASSIN

R EGARDEZ-LA, cette toute jolie ! Les
amours ont mis des ans à broyer des
myriades de roses pour donner une teinte
d'aurore à ce visage duveté comme une
pêche qu'a baisée le soleil. Toute cette figure
est un sourire ! Vignette de keepsake, cette
tête adorable a les ineffables rayonnements
de la vie au bleu matin des jours. Et le front,
et le nez, et la coupe du menton, et le col

8

ondoyant pour soutenir cette fleur, sont d'un
rhythme divin. La courbure du front est
suave comme les fleurs aux grands calices,
paradis des papillons d'or. Admirablement
nuancé, ainsi qu'un coquillage marin, le nez
se relève voluptueusement, semblable à la
feuille de rose qu'un enfant espiègle se serait
amusé à souffler pour taquiner un scarabée.
Le cartilage rosé qui le termine jette un défi
vainqueur aux indifférents et aux stoïques,
et semble dire : « Arrêtez et voyez! » Le profil
du nez est concave. Les lèvres de fraises,
contournées pour damner les âmes, jettent à
tous vents, pour tous, à tous et toujours, le
parfum provoquant d'une haleine de myrrhe.
Il y a eu lutte entre la rose de Bengale et la
rose pompon pour savoir à laquelle échoirait
le bonheur de trôner en reine sur ces joues
charmantes. Les mignonnes se sont accor-
dées, et l'on se perd en admiration devant ce

coloris fait pour causer des délires. Le regard fripon est sûr de lui. Les yeux sollicitent d'amour ! C'est de cet ensemble qu'on peut dire le mot de saint Paul : « Et celui qui regarde cette femme a déjà commis le péché dans son cœur. » •

Cette tête est l'orgueil des roses.

Les contours sont éclairés par des reflets indécis de carmin ; on dirait que Vénus toute nue a projeté sur un marbre de Paros les clartés aux teintes roses de son corps de déesse. Une vapeur blonde, une poudre d'or baigne cette tête amoureuse, le prototype de la poésie lascive. Si les fleurs les plus délicates et les plus nuageuses possédaient la nuance des épis blonds, on la représenterait coiffée de volubilis.

HILDA

HILDA

Tout est d'une indescriptible perfectibilité dans cette miniature. Il est rare de voir un visage aussi absolument délicieux, aussi suave. Les linéaments en sont d'une correction suprême. Le nez, court comme il convient aux beautés parfaites, se termine par deux mignonnes ailes mi-closes, à cette seule fin de laisser passer le désir. La bouche est une fleurette si mignarde, si pourprée, qu'on

ne saurait imaginer de rose plus mignonnette
et plus vermeille. Prodigue de sourires, elle
laisse voir quantité de petits lis qui seraient
bien peinés d'être toujours cachés. Tous ces
sourires sont autant de baisers. Le menton,
étroit et satiné, est d'une forme toute mystique.
Profonds, les yeux sont à la fois humides et
étincelants; ce sont des étoiles que la terre a
dérobées aux cieux. Minces, noirs comme
ceux des filles du Liban, des sourcils d'un
dessin achevé brillent sur le blanc marmo-
réen des tempes. Les cils et les sourcils ont
emprunté leur lustre à la prunelle elle-même
et baisent avec volupté les paupières diaphanes. Entre les deux yeux, une lèvre amoureuse peut savourer sa pose. Une gloire de
cheveux noirs, noués par le caprice de la
fantaisie, estompe divinement et le front
translucide et lacté et le col, tige de lis, ce
gracieux soutien de la fleur des anges. Le

profil vous charme par sa délicatesse. Toutes les parties solides de cette tête sont parfaitement harmonisées par leur position respective. La carnation possède la blancheur d'un gardenia ; mais le moindre regard, le sourire qui vivifie cette figure parfaite, promènent des teintes roses sur ces pâleurs immaculées.

Le Créateur a donné à ce camée extraordinairement pur la vie souriante.

Si un jour les blonds chérubins viennent à porter des médaillons, ils choisiront, serti de saphirs et d'aigues-marines, le portrait de la toute belle Hilda !

LATOUR

LATOUR

PAREILLE aux saintes que l'on voit sur les vitraux du moyen âge, elle est coiffée d'or luisant! Ainsi auréolée, cette tête est d'une exquise beauté ; et le monstre Paris est seul assez riche pour l'adjoindre, sans y prendre garde, aux joyaux de son écrin. Ample en hauteur, bien voûté, le front est envahi par les ondes flavescentes de cette chevelure

scintillante. On contemple une vague de
sequins qui, dans ses soubresauts irréguliers,
vient coquettement baiser une plage superbe.
Ces cheveux se séparent inégalement sur le
côté gauche de la tête, ce qui, joint à une
légère déviation du nez, enrichit ce visage de
deux profils bien distincts. Le profil droit est
tout rempli d'incantations ; celui de sénestre
a une certaine froideur sculpturale. Tous les
mouvements de cette figure oblongue s'opè-
rent avec un accord infini. Le regard est
doux et fier, et l'on ne peut mieux comparer
les yeux qu'à un pâle bluet, ou bien encore
au miroitement tantôt vert tantôt bleu de
l'aile d'un alcyon. Les sourcils, à la couleur
ambrée, contournent finement l'œil. Quant
aux cils, ils ne suivent pas l'ondulation de la
paupière, ils sont droits. Fine, petite, savou-
reuse comme celle d'un enfant, la bouche, en
demi-cercle, généralement close, se permet

quelquefois de sourire. Elle est incomparable. Les extrémités en sont fouillées avec amour. Les dents, merveilleuses, sont courtes. Lorsque se disjoignent les lèvres, on entrevoit de la neige ensanglantée. Une ombre unique dans ce visage brillant de placidité et sûr d'être admiré; c'est celle formée par la lèvre inférieure, qui se volute d'une façon ravissante. La lèvre d'en haut, d'une gracilité extrême, se creuse au milieu de même que le pétale d'une tubéreuse. Cette légère ravine charnelle indique que le menton doit avoir une fossette. Or, cette fossette voluptueuse, tout humaine, existe dans cet assemblage des perfections plastiques.

De tout cet ensemble il se dégage un parfum aromal!

La ligne des épaules est correcte et magnifique. La gorge est large et vaillante. Les seins, ronds, se présentent hardis comme

deux coupes. Quelques mouches tenues ,
toutes du côté droit, l'une au col, deux à la
tempe, complètent ce pastel.

ROSINE BLOCH

ROSINE BLOCH

Soit cette tête dans l'ombre, au grain des cheveux on sent qu'ils sont noirs et fins. La clarté se fait-elle, vous contemplez un visage, doux et fier comme celui des Italiennes du grand style, auquel la race juive a apposé sa marque. Ce type suave et plein d'ampleur esquive toute banalité. Le front, petit, légèrement convexe, a quelque chose qui rappelle la statuaire grecque. Il se fond vers les tempes pour laisser saillir l'arcade sourcilière, qui humanise, par son contour gracieusement modelé, le regard léonin. Un sourcil en bec d'aigle surplombe l'œil baigné d'extase, dont la noire pupille, extraordinairement dilatée, flamboie. Ce nez mollement contourné conserve cet air mutin des fleurs créées pour le soleil et l'amour. Dans les boucles de ces beaux cheveux noirs, frisés par la nature, se nichent à demi deux fines oreilles qui, semblables à des jeunes filles, fuient le regard, mais désirent être vues. La partie basse du visage est grasse, sans lourdeur.

La bouche de Rosine est celle des Madeleines de Guido Reni. Les lèvres, fiévreuses, rubescentes, découpées en arc, hument le plaisir !

On dirait un fleuve d'oubli teint de sang !

L'harmonie de cette tête, belle dans toute l'acception du mot, fait prendre en pitié les

beautés pâles, malingres, inachevées, dont
Paris compose ses albums. Une pâleur saine,
nacrée, jette ses lumières vivifiantes sur ce
luxueux modèle de beauté.

GABRIELLE DE CLEURCY

GABRIELLE DE VERGY

UNE [...] porte en tête sur un ovale [...] qui [...] un médecin souvent [...] des lignes tourmentées. L'œil [...] sont tout. Les yeux ont la conformation d'une amande finement coupée. Noyés dans cela de [...], la prunelle grosse était un effet des mains [...] pour en relever [...] qui

GABRIELLE DE CLEURCY

Une tête qui porte au vent sur un buste de Vénus antique. Ainsi qu'il advient souvent pour quelques beautés de genre aux lignes tourmentées, l'œil et la bouche sont tout. Les yeux ont la conformation d'une amande finement coupée. Noyée dans un lac de lait, la prunelle rousse trace un sillon lumineux là où elle s'arrête. Sur ce disque impérieux brûlant, composé de topazes, qui arde, s'entre-croisent les cils, franges noires que fait étinceler l'activité de la pupille. Les sourcils de jais, barbelettes de la plus fine plume, ont des propensions à se câbrer au moindre désir inassouvi. De là un pli que forme parfois le front, net et d'un contour arrêté, avec la naissance du nez. Les tempes sont délicates et un peu bleuies par la transparence des veines. La bouche, fine, légèrement estompée, est presque constamment déclose. Par étrangeté, la lèvre d'en haut s'abaisse vers le milieu, tandis qu'elle se relève aux coins. On ne saurait mieux la comparer qu'à une coquille rosée qui laisse par ses coquettes dentelures voir ce qu'elle renferme. J'appellerais volontiers cette bouche la vague et les perles. La vague est couleur sang, les perles sont des dents d'albâtre, petites, serrées, taillées dans le même bloc.

Il suffit d'avoir vu une seule fois Gabrielle

pour que ses traits se gravent dans votre mé-
moire : avantage que n'ont pas toujours les
galbes les plus purs. Des cheveux châtains
soyeux, crespelés sur le devant, ondoient
d'une façon originale autour de cette tête
mouvementée. La nuque est d'un beau
dessin. Le teint de ce visage a les pâleurs
chaudes de miel et d'ambre dont fut prodigue le Titien.

Gabrielle de Cleurcy possède ce type al-
tier, passionné, distinct de toutes les clas-
sifications conventionnelles.

BLANCHE D'ANTIGNY

BLANCHE a le buste d'Junon [...]
d'une Bacchante. Cette tête [...] est
fièrement attachée sur des épaules laiteuses
et grasses, pétries à la manière des déesses de
Rubens. La partie haute du visage garde une
[...] réserve [...] de la [...] qui
[...]

BLANCHE D'ANTIGNY

BLANCHE a le buste d'Antiope et la tête d'une bacchante. Cette tête crâne est fièrement attachée sur des épaules laiteuses et grasses, pétries à la manière des déesses de Rubens. La partie haute du visage garde une quasi-sérénité, reliquat de la chasteté qui s'impose sur le front de chaque jeune fille. La

partie inférieure a jeté les lis au vent pour
ne conserver que les roses, ces fleurs de
passion. Les yeux, presque enfantins, ont la
fixité des minéraux étincelants; la prunelle
est un composé de reflets verts de fer sulfuré.
Ce sont deux marcassites aux facettes bril-
lantes. De larges et longues franges, noires
comme du jais, ombragent la paupière; et
lorsque ces cils insensés s'abaissent sur le
globe de l'œil, ils jettent une ombre réelle sur
la joue. Par contre, les cheveux, relevés à la
mode empire, ont l'éclat de l'or. Contraste
charmant qui fait l'originalité de ce type hardi.
La bouche, sensuelle, est destinée à chanter
ou à vider une coupe de champagne, ce vin
amoureux.

Blanche d'Antigny pourrait être appelée la
muse des joies faciles!

Richesse de formes et de couleur, air superbe, gaieté constante et folle! Des Amours

aux regards coquins essayent avec leurs bras
potelés de tordre son blanc peignoir, afin
d'en faire un câble pour monter jusqu'aux
lèvres.

ODETTE REYNOLD

ODETTE REYNOLD

L E signe distinctif de cette tête est la majesté correcte des lignes! Ce visage, dans
lequel tout est spacieux, éblouit et par la net-
teté des contours et par la transparence satinée de l'épiderme. Cette beauté, sculpturale
et d'un style élevé, se dégage énergique
comme un buste d'Andrea Mantegna. Pro-
portionnée suivant les règles de la statuaire,
la figure se divise mathématiquement en trois

parties égales. La première part de la racine
des cheveux et s'arrête à la naissance du nez ;
la seconde mesure le nez jusqu'à l'éclosion
de la lèvre supérieure ; enfin la dernière finit
avec le menton. Tout est d'une symétrie irré-
prochable, depuis l'arcade sourcilière, dé-
pourvue d'angles, jusqu'au menton moelleux,
qui, sûr de son effet plastique, se double légèrement avec une suavité charnelle. L'o-
reille, fine, oblongue, présente aux regards
une coquille de corail admirablement creu-
sée. Ses cheveux blonds, dont les boucles
scintillantes ont des reflets d'aventurine, en-
cadrent le front et les tempes. Nuancés plus
solidement, les sourcils, d'un plan presque
horizontal, découvrent largement deux grands
yeux noyés dans leur chatoyante profondeur.
Deux agates, dites aphrases, forment les
prunelles. Le nez, un peu bourbonien, ca-
ractérisé par un entablement, est orné de

narines finement sculptées, âpres pour les senteurs. Dans ce concert de perfections la bouche, s'il se peut, est encore plus parfaite. Comme avant tout la figure d'Odette sait répondre aux excessives exigences de l'art, les coins de cette bouche ne dépassent pas d'un millième de ligne le globe des narines. A elle seule la bouche est un poëme. Rouge ainsi qu'une sorbe, elle languit mignonnement en amoureuse qui dit : Je veux! Les lèvres, petites, gardent constamment l'attitude séductrice d'une rose qui s'épanouit aux premiers feux du jour.

Le visage d'Odette est un marbre qu'un grand sculpteur n'a pas pris le temps de signer, parce que Dieu l'a instantanément animé.

Cette tête couronne fièrement un buste accompli aux formes nourries. Le cou, bien pris, lacté, tranche sur le rose des épaules et de la gorge, taillée elle-même dans un bloc de marbre rose. Jamais la volupté ne brisera ces membres. Et, si le désir vient à enlacer le cœur, la guirlande de roses qui protége ce buste lustré comme l'onyx verra ses fleurs se faner avant que la femme, — la fleur par excellence, — cesse d'être l'archétype de la beauté pénétrante et lumineuse. La déviation des belles lignes semble impossible.

ALICE RÉGNAULT

Imp. Gidard et Lacu

ALICE RÉGNAULT

Qu'en une toute petite place Dieu a rassemblé de miracles! Ce visage exquis compte tous les charmes rêvés. Cette tête prodigue insciemment le sourire affolant de l'éternelle jeunesse. Elle est irrésistible! Tout vit en elle, et les lignes des statues antiques et les couleurs chaudes de la femme aux baisers puissants. La rose moussue, cette amoureuse des cétoines aux corsages

d'émeraudes, a moins de fraîcheur que ses
joues, duvetées comme les pêches, ensanglan-
tées par une aurore de pourpre. Le profil est
romain. Une mouche lascive aiguillonne la
bouche, idéalement voluptueuse, sanguine
comme une fleur de cactus. Les lèvres, ainsi
qu'un fruit rouge qu'a fait éclater le soleil,
recouvrent à demi des dents minuscules et
resplendissantes. Délicieusement modelé, le
nez mutin a son éloquence. Un peu relevée,
la narine droite est douée d'un charme inexprimable. Le menton, fin et plein de saveur,
promet les plus douces extases. En un mot,
tout est affriolement dans ce visage divin. La
chevelure, abondante, sombre comme la nuit,
se dérègle en avalanches avec des parlers
olympiens ; elle obombre luxueusement de
ses masses royales et le front, blanc de lait,
et la nuque, magnifique dans son pur dessin. Afin de compléter le charme, de suaves

rayons lumineux émergent des longues paupières.

Le regard d'Alice est un ciel peuplé d'anges !

Les prunelles sont des topazes enchâssées
dans des opales. D'épais sourcils obéissent
aux moindres mouvements de cet œil provo-
cateur. La gorge, légèrement houleuse, est
satinée et colorée, ainsi que les volutes de ces
grands coquillages aux teintes roses. Les
épaules, grasses, ondulent merveilleusement
et tressaillent sous l'effleurement lascif des
cheveux. Faits pour l'amour, pareils à deux
blancs cols de cygne, les bras quémandent le
rêve qu'ils brûlent d'étreindre. Un ange, grisé
par la vue de cette belle créature, a quitté le
ciel pour la baiser aux épaules et aux joues ;
aussi Alice gardera-t-elle toujours quatre fos-
settes, stigmates du baiser céleste. On se demande, en contemplant cet assemblage des

raffinements de l'amour moderne, si jamais une plus grande charmeuse naîtra. Éclairé par sa propre lumière, ce visage n'a pas besoin de voile. Alice n'a-t-elle pas ses cils soyeux? Cette tête est née pour n'être point ornementée avec les bijoux des orfévres, car elle a ses cheveux et son cortége de séductions!

AUGUSTINE DEVERIA.

AUGUSTINE DÉVERIA

ELLE personnifie les cinq sens voluptueusement vêtus !

A voir cette femme dans une blanche *stola*,
les cheveux lourds tordus sans apprêt ainsi
qu'un long voile brun sur le sommet de la
tête, on dirait une vestale antique préposée
à la garde du feu sacré. Mais bientôt les
fibrilles d'or d'une prunelle tentatrice jettent
leurs fascinations, et l'on faiblit devant le re-

gard de la femme aux innombrables arti-
fices. L'éclat du visage est tempéré par un
nonchaloir extrême qui fait de toutes les parties de cette figure, de tous les mouvements
de ce corps, un enchantement. Augustine
Déveria est un type absorbant! tout est tenta-
tion. La bouche, chaude et comme altérée,
présente l'aspect d'un périanthe sanguinolent.
Les coins, fouillés avec soin, donnent le suprême degré de la suavité. Mignon et régulier,
le nez profile coquettement son ombre sur un
teint nacré auquel l'ombre donne çà et là les
lueurs avec lesquelles Jean de Fiesole vivifiait
le visage de ses vierges. Les expressions de
cette figure sont multiples. Chaque ligne, chaque ornement possède son attitude particu-
lière; et souvent l'une est tempérée par l'autre.
La partie haute de cette tête sourit-elle avec ce
sourire vainqueur que toute belle créature
dispense à tort et à travers, la partie infé-

rieure, dont la régularité n'a été contrariée par aucune émotion, vous ramène à la contemplation purement idéale de la plastique. L'œil, baigné et langoureux, s'abandonne-t-il à l'expansion et prodigue-t-il ses trésors de nonchalance, la sévérité de l'ovale, secondée par un mouvement presque impérieux de la lèvre, comprime l'élan amoureux que l'œil a pu faire naître. L'oreille est merveilleusement contournée ; elle est rose et fraîche comme une fleur qui n'a encore vu qu'un matin.

Peu de femmes semblent aussi pleinement maîtresses de leur physionomie. La voix, molle, a des modulations de harpe éolienne.

D'une coupe harmonieuse, les épaules annoncent un torse magnifique, flexible. Toutefois cette flexibilité ne lui fait rien perdre de ses allures patriciennes. Nuancés avec le sang des fleurs des marronniers roses, ses bras ont des attitudes en face desquelles on se sent

CÉLINE MONTALAND

Voici celle qui fait dire : « Dieu créa cette merveille, puis il se reposa! » Une pareille étoile suffit à un demi-siècle. Elle dépense assez de clarté pour que les chercheurs d'idéal consignent la date de son apparition. Les lignes de cette figure sont des ombres, et l'on se demande où commence l'ombre, où finit la lumière. Cette royale beauté vous confond! Cet ovale d'une forme impeccable vous tient sous le charme! A voir ces cheveux qui se divisent sur le milieu de la tête d'une façon si correcte, on s'imaginerait entrevoir deux ailes de corbeau dans l'ombre de la nuit. Glacés de bleu, ondés comme si le vent les avait fatigués de câlineries, ils découvrent à regret un front blanc d'une placidité parfaite, et sur lequel les baisers de dix générations ne sauraient creuser d'ornières, car il a été formé pour demeurer immaculé. Ce front est un ciel inaltérable dans lequel l'œil affamé de pureté se perd dans le ravissement. Ses longs yeux noirs infiniment doux ont des nonchaloirs qui vous grisent et enivrent vos sens. La paupière, large, se termine par une ligne toute pleine d'indolence, aux friandes invitations. Le dessous de l'œil se trouve obombré par des cils d'un luxe de longueur inouï. Les narines, modelées par quelque dieu enamouré, soufflent la volupté comme certaines fleurs soufflent l'ivresse.

Cette fille d'Aphrodite laisse l'amour monter vers elle. Calme, elle regarde en souriant la vague des désirs humains se bri-
ser en écume à ses pieds. Dans la bouche,
mi - sérieuse, mi - souriante, éclatent des
dents d'un émail incomparable. Elles sont
petites, saines, et elles paraissent si bien en-
tées dans cette bouche faite pour croquer un
verger de pommes, que jamais une seule ne
désertera.

POST-FACE

POST - FACE

EST *ainsi complète cette souriante nichée d'a-
mours!*

*Médailles, camées, miniatures, beaux marbres,
rien ne manque à ce reliquaire des souveraines de*
BEAUTÉ. *Si ma plume n'a fait qu'esquisser à grands
traits ces têtes charmantes créées pour enchanter les
désenchantés, c'est que j'ai été, comme Jean à*

Pathmos, perdu dans le ravissement. Si je n'ai qu'effleuré les ciselures de ces riches bijoux, qu'il me soit fait grâce!

La beauté a des rayonnements excessifs! Glorifié par la main de Dieu, l'Idéal cause des éblouissements!

C. D.

TABLE

DU MÊME AUTEUR :

BLONDES ET BRUNES

Un vol. sur papier de Hollande

Tiré à petit nombre.

En préparation :

LES REINES DE BEAUTE

LES REINES
DU THÉATRE CONTEMPORAIN.

16

Achevé d'imprimer

LE QUINZE FÉVRIER MIL HUIT CENT SOIXANTE-DIX

PAR D. JOUAUST

A PARIS.

Rue Saint-Honoré, 338

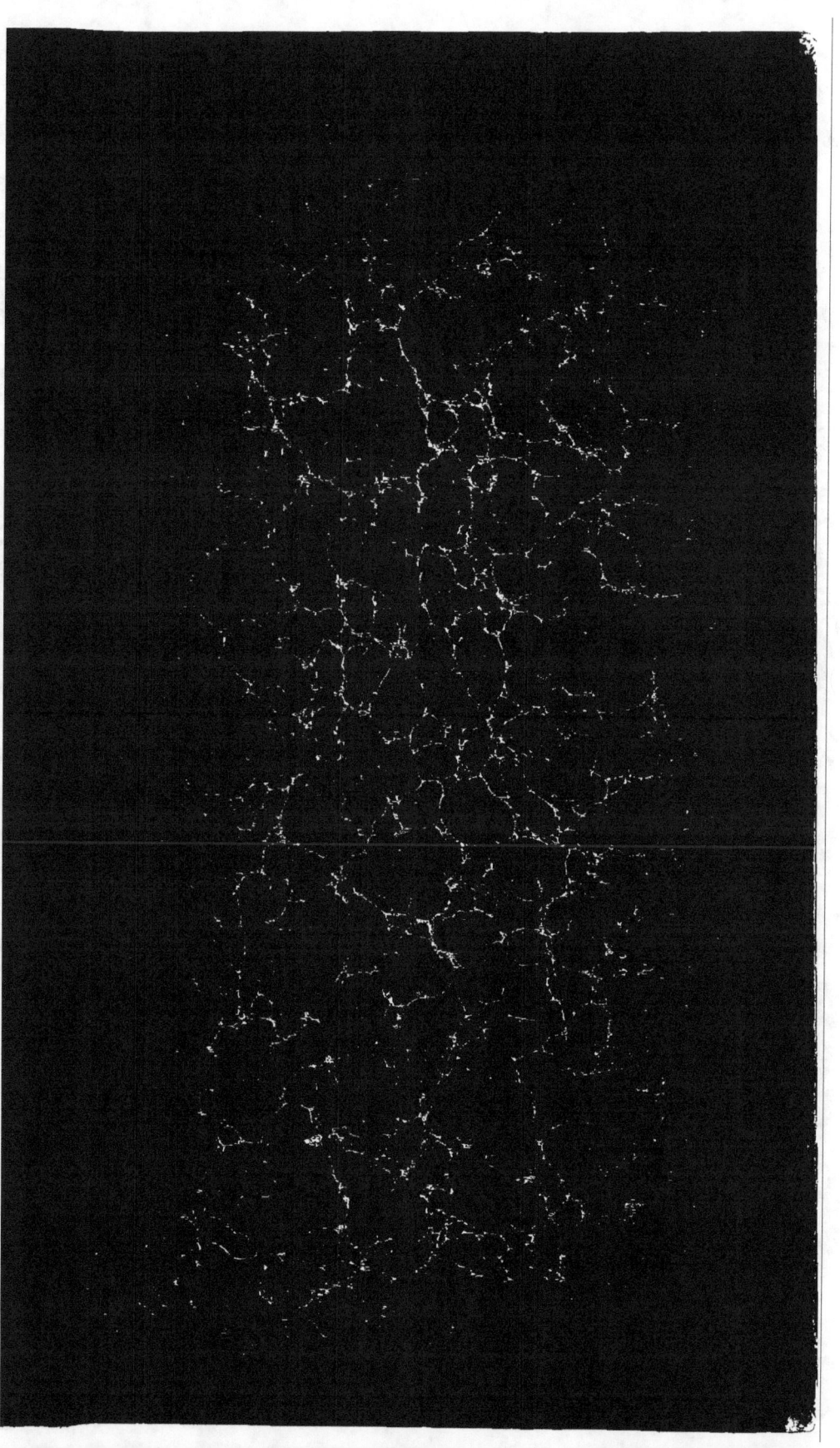

www.ingramcontent.com/pod-product-compliance
Lightning Source LLC
Chambersburg PA
CBHW051639050726
47502CB00011B/1434